Disney · PIXAR

DEL REVÉS 2 (INSIDE OUT 2)

Descubro MIS EMOCIONES

Papel certificado por el Forest Stewardship Council®

MIXTO
Papel | Apoyando la silvicultura responsable
FSC® C117695

Penguin Random House Grupo Editorial

Primera edición: noviembre de 2024

Travessera de Gràcia, 47-49. 08021 Barcelona

Printed in Spain – Impreso en España

ISBN: 978-84-19487-34-6
Depósito legal: B-16138-2024

Diseño y maquetación: MYR Servicios Editoriales, S.L.

Impreso en Talleres Gráficos Soler
Esplugues de Llobregat (Barcelona)

DS87346

Disney · PIXAR
DEL REVÉS 2
(INSIDE OUT 2)
Descubro
MIS
EMOCIONES

Hola,

Soy

Tristeza.

Estoy aquí cuando

pasan
cosas malas.

Como cuando se te cae el helado...

o se te rompe
un juguete.

Cuando estás triste no quieres hacer nada de nada.

Y muchas veces quieres **llorar.**

¡No te preocupes! Después te encontrarás mejor.

Hola,

Soy
Asco.

¿Sabes qué?

Hay cosas **repugnantes** por todas partes.

Como el brócoli.

¡PUAJ!

Y la basura.

DOBLE PUAJ.

¡QUÉ ASCO!

Ya está.

Yo me voy.

Ho

Ho

la...

Soy

Miedo.

El mundo está lleno de cosas TERRIBLE

S

y PELIGROSAS...

Por ejemplo:

LOS CABLES.

Tener miedo

no es AGRADABLE,

¡pero **peor** es hacerse **daño**!

Además,
sin miedo
no se
puede ser

valiente.

YO
SOY IRA.

¡Estoy enfadada!

¿Que por qué?

¡POR MUCHOS

MOTI

vos!

¡Y PORQUE PASAN COSAS INJUSTAS!

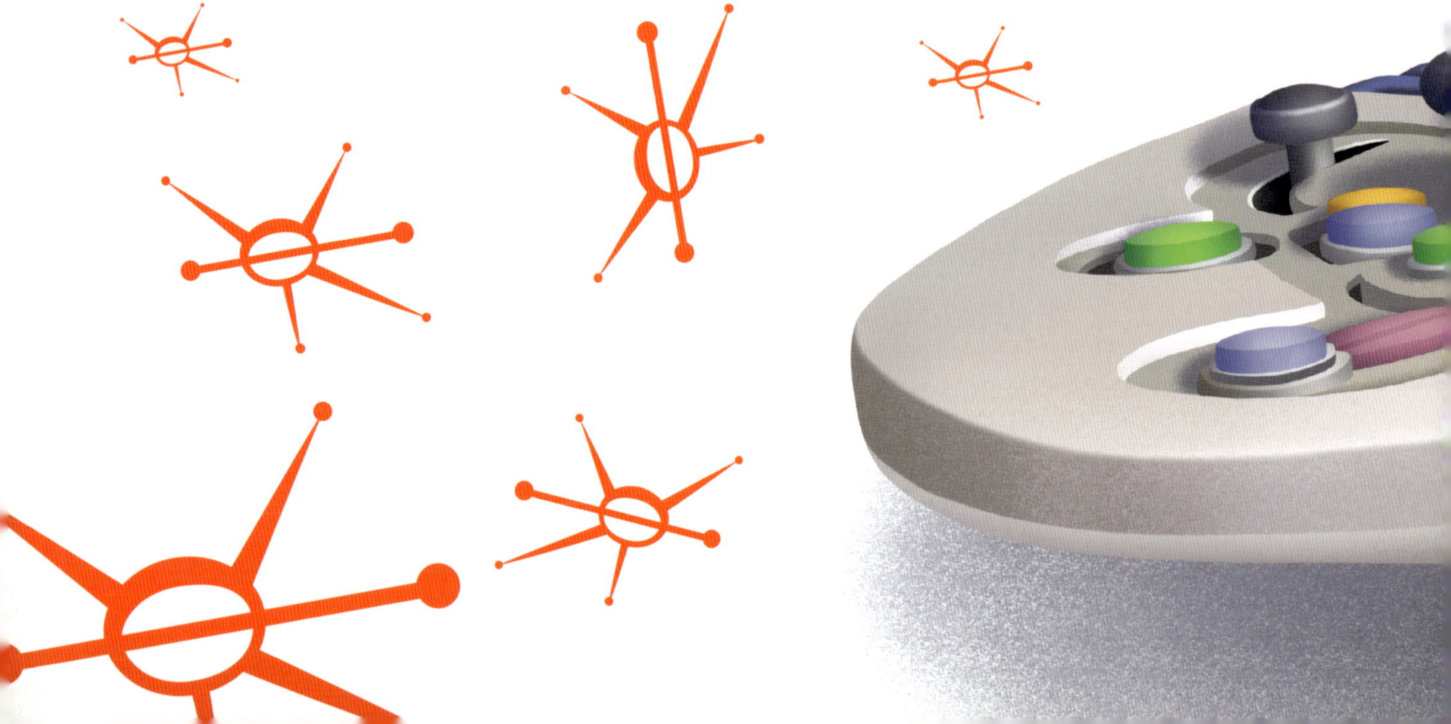

Cuando me enfado,

¡GRITO

MUCHO!

¡Hola!
¡Hola!
¡Hola!

Yo soy

ALEGRÍA.

Me encargo de que estés contento,

alegre,

y ¡FELIZ!

El mundo está lleno de cosas fantásticas...

¡Como la música!

Cuando estamos contentos,

¡SONREÍMOS!

¡Y REÍMOS!

Lo que más feliz nos hace...

¡Es estar con nuestros amigos!

El tiempo pasa y nos hacemos

mayores...

... y surgen

NUEVAS EMOCIONES.

¡Conocerlas es quererlas!

¡Hola!

Soy

Ansiedad.

Aparezco cuando menos te lo esperas...

...y tomo el control de tu mente.

Todo parece

confuso

y eres incapaz

de tomar

ninguna decisión...

COLA
SOFT DRINK

¿Qué puedes hacer?

Respirar
ayuda a
tranquilizar
la mente...

¡Y atrae los
pensamientos
positivos!

Al final, después de

la tormenta

llega la calma.

¡has crecido!

Y has aprendido un **montón** de cosas...

¡Hola!

Soy

Envidia.

Estoy aquí

cuando
te comparas
con los demás...

... y te sientes **TRISTE** por no ser como ellos...

... o tener

lo mismo

que ellos.

¡Y eso te hace sentir mal!

Los **CELOS**
han tomado
el control
y cada vez son
más
FUERTES...

¿Cómo parar TODO ESTO?

Aprende a valorarte.

Alégrate de los éxitos de tus amigos.

Da las GRACIAS.

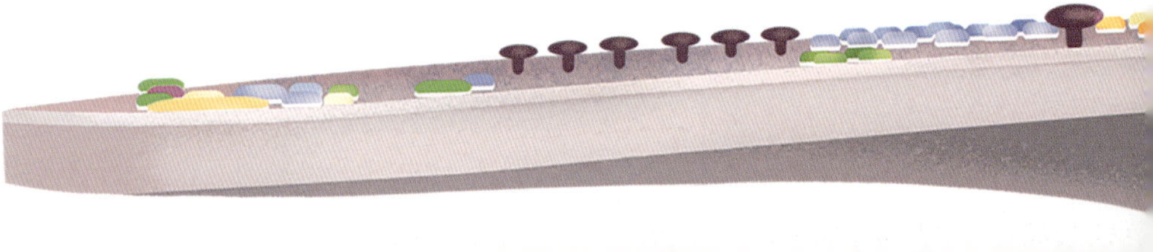

Y AL FINAL...
¡da la bienvenida a la
ALEGRÍA!

¡Hola!

Soy
Vergüenza.

Y cuando
aparezco,

soy casi
IMPARABLE.

Piensas

que

todo

el mundo

te está

mirando...

Y cada vez te sientes más pequeña y pequeña...

¡Y te pones **ROJA** como un tomate!

No te atreves a mostrar tus sentimientos...

... ni a decir lo que piensas.

Pero con esfuerzo...

por fin te atreves

a explicar cómo te sientes.

Confías en los demás...

¡Y todo se vuelve de color de

ROSA!

¡Hola!

Soy
ENNUI*.

Z
Z
Z

*Que significa aburrimiento.

¡Uff!

¡Me abuuuuurrro!

¿Es que no va a pasar nada interesante?

BLA BLA BLA

Bla, BLA BLA **bla...**

bla,

BLA

BLA

BLA

BLA

BLA BLA

BLA BLA

Las demás emociones me proponen **hacer cosas,** pero **YO NO** les hago caso...

Por **mucho** que me insistan,

no me apetece NADA.

Ni
aprender
cosas
nuevas.

Ni
hacer
amigos.

Ni la
comida
sabrosa.

Ni...
NADA.

¿Qué puedes hacer?

Haz deporte.

Habla con los demás.

Juega, lee, dibuja...

¡AAAH! ¡Un mundo nuevo se abre ante ti!

¿Cómo te sientes HOY?